CB139954

para onde vamos é sempre ontem

Ruy Espinheira Filho organização Leo Cunha

EDITORA
POSITIVO

sumário

apresentação, Leo Cunha, 10

essas coisas de emoção e de beleza:
poemas sobre amor e desejo, 21

encanto, 23
campo de Eros, 26
depois de certo tempo, 28
fulgor, 30
do amor, 32
a musa, 34
soneto de julho, 36
voo cego, 37
soneto para Sandra, 38
segundo soneto para Sandra, 39
canção do amor antigo, 40
até que a vida nos separe, 43

uma herança cintilante:
poemas sobre casa e família, 47

quando meu avô deixou a sua terra, 49
retrato, 52
soneto da chuva e da voz, 53
vinte anos, 54
mãe, 58
plenitude, 61
poema para Mario, 64
poema para Matilde, 70

a avó, 74
o avô, 75
Giuseppe, 77
a casa dos nove pinheiros, 79

para onde vamos é sempre ontem: poemas sobre saudade e memória, 83
de uma forma ou de outra, 85
se agora me procurasses, 87
memória da chuva, 89
manhã solene, 91
despojos, 93
circo, 94
tangos, 96
árvores, 98
águas, 99
elegia, 102
fuga, 103
destino e fuga, 105
caixa, 106
as sombras luminosas, 107
visitas, 112
magias, 114
a menina e o anjo, 116
soneto da tempestade, 118
tempo perdido, 119
alento, 121

à espera dos traços luminosos:
poemas sobre escrita e leitura, 123
bilhete a Manuel Bandeira, 125
epígrafe, 127
estantes, 129
noite de maio, 132
Xerazade, 133
uma história, 134
o poeta e seu leitor, 139
o poema, 140
herança, 142
tardes, 143
canção da alma estagnada, 144
o que somos, 145

esse tesouro de ausências:
infância, juventude, maturidade e velhice, 147
sempre, 149
canção de juventude, 153
aniversário, 155
espelho, 157

entrevista, 160

biografias, 166
Ruy Espinheira Filho, 166
Leo Cunha, 170

apresentação

Caro leitor:

Esta antologia traz 60 poemas entre os mais de 400 já publicados por Ruy Espinheira Filho, em cerca de 30 livros. É uma amostra pequena, mas capaz de sublinhar algumas marcas de sua trajetória poética, uma das mais importantes e consistentes da literatura brasileira nas últimas décadas.

Entre tais marcas, uma já bastante estudada e reconhecida é a grande variedade formal. Poemas rimados ou não, metrificados em sonetos e dísticos, outros em "verso livre" – embora o poeta desconfie do que muitos chamam de verso livre, como você pode ler na entrevista no final do livro. Grande estudioso e professor de literatura, Ruy domina a técnica e conhece a fundo a tradição na qual se insere, mas se permite ampla liberdade para buscar a medida de cada poema. O apuro formal, evidente em sua poesia, não tem a ver com a busca de palavras difíceis, mas sim com outro desafio: o de oferecer a beleza, a surpresa, o assombro, sem se alienar do cotidiano e de sua linguagem. Cada verso é filtrado por sua vivência, suas memórias, suas emoções. Cada poema exala o "sopro lírico" presente na obra de poetas que Ruy tanto admira e dos quais se aproxima: Mário de Andrade, Manuel Bandeira, Carlos Drummond de Andrade, Cecília Meireles, Mario Quintana, Alexei Bueno e outros tantos.

Mas me interessa aqui destacar outra marca da poética de Ruy: o modo como seus poemas retomam, de tempos em tempos, um determinado assunto, um olhar, uma reflexão, numa trajetória que se assemelha a uma espiral. É nítido o gesto de voltar atrás, revisitar um tema ou ideia, como a assumir que há algo ali que ainda incomoda ou intriga. Beirando muitas vezes a melancolia, Ruy faz uma reconstrução afetiva e uma rev(f)erência aos momentos (e poemas) passados.

Exemplo disso é o próprio aniversário de Ruy. Muitos dezembros viram nascer poemas tematizando a data e tudo o que ela implica: o envelhecimento, é certo, mas também o que foi cumprido, o que se perdeu, o que se acumulou, o que falta.

É justamente esse aspecto espiralado que norteou a organização da antologia que você tem em mãos. A partir da escolha de quatro motes recorrentes na obra de Ruy – os amores, a família, a memória, a poesia – foram selecionados poemas de épocas distintas de sua carreira.

Uma seleção que privilegiasse o critério cronológico (apresentando os poemas segundo sua ordem de publicação) permitiria a percepção de uma possível transformação de estilo, ou o natural amadurecimento daquele que escreve. Afinal, como escreveu Machado de Assis, "cada estação da vida é uma edição, que corrige a anterior, e que será corrigida também, até a edição definitiva, que o editor dá de graça aos vermes". Porém, a obra de Ruy parece seguir um caminho diferente: uma estação não corrige a anterior, mas sim a abraça, assimila, retoma e ecoa. Daí, talvez, o poeta falar de uma "estação infinita", expressão que deu título ao livro de 2012 que reuniu toda a sua obra poética.

Amores e desejos povoam os poemas da primeira seção, intitulada "Essas coisas de emoção e de beleza". Paixões concretas e platônicas, físicas e espirituais, possíveis e impossíveis. Muitas vezes, o que vemos são lembranças esfumaçadas e reinventadas de amores já distantes, como em "A musa" e "Canção do amor antigo". Mas também, em "Encanto", a percepção de que o amor é raro, frágil e delicado:

Com ele
só podem lidar, sem perigo,
o Amor Perfeito,
os unicórnios
e a infância.

Contraditório, o amor ao mesmo tempo fere, engana, magoa, mas também persiste, como conclui o poema "Campo de Eros": "E amor, amor, amor / por toda parte trucidado e em flor". A conclusão similar chega "Depois de certo tempo", onde lemos que as mulheres que amamos jamais se vão:

(pois vivem em nós e, enquanto não nos tornamos
sombras, nas luzes mais suaves as sonhamos)

Na segunda parte, "Uma herança cintilante", estamos prioritariamente no ambiente familiar. Em diversos poemas, a presença e a ausência (assim como o nascimento e a morte) dos parentes assumem papel decisivo, evocando alegrias, dúvidas e lamentos na alma. Ao lembrar o nascimento do filho, Ruy se inquieta com sua própria idade, em "Poema para Mario". Outro poema, "Retrato", compõe quase um espelho dessa inquietação. Ao ver a fotografia do pai, Ruy se espanta com "todo um mundo" que se foi e constata:

Olho o teu rosto na moldura e penso
que tenho hoje idade de ser teu pai.

Também presente está a casa da família, com seus nove pinheiros enfileirados, que para sempre vão lembrar os pais e os sete filhos ("A casa dos nove pinheiros"):

mesmo quando não restar sequer um deles
para sentir certo tempo,
respirar a casa

Mas, para além de resgatar eventos e personagens específicos, impressiona o modo como Ruy reconstrói toda uma atmosfera de intimidade e afetos compartilhados, em poemas como "Plenitude" e "Poema para Matilde" (assim como em "Águas" e "Magias", que entraram na seção seguinte).

A terceira e mais extensa parte da antologia, intitulada "Para onde vamos é sempre ontem", reúne poemas sobre a memória – recordações e saudades. É verdade que o memorialismo e o lirismo reflexivo estão entranhados na poética de Ruy como um todo. Ainda assim, aparecem aqui poemas em que a memória se manifesta de modo mais central, como aquele que abre a seção, "De uma forma ou de outra", que questiona até que ponto se pode confiar nas lembranças:

Não sei se é recordação,
ou se é sonho da memória.
Seja o que for, é emoção,
vivida ou inventada história.

Alguns poemas dessa seção têm a leveza e a ironia de uma crônica, ao captar um instante preciso, até corriqueiro, e tecer sua repercussão nos sentimentos e na memória do poeta. É o caso, por exemplo, de "Manhã solene", no qual um desastrado desfile de 7 de setembro aflige um Ruy ainda novo, "deixando uma mancha escura / na alma", até que ele é salvo, felizmente, pelo "sorriso luminoso" de uma menina com flores nas mãos. Ou então em "Despojos", no qual novamente um pequeno incidente – uma cadela que "salta e arranca a saia da moça" – é redimido pela descoberta da beleza e da graça femininas:

Levo comigo as coxas nuas
inquietantes
soltas na manhã.

Eis outra marca de Ruy Espinheira Filho: mesmo perante o mundo brutal e a vida efêmera, sua poesia consegue reagir de forma doce, amorosa. Isso aparece mesmo quando a memória puxa sentimentos mais densos e amargos. Em "As sombras luminosas", por exemplo, temos a constatação do arrependimento por um momento de covardia (ou timidez?):

Porque não a tocaste
te feriste assim
tão fundo e sem cura.

No mesmo poema, a morte que não se compreende e não se aceita, sentimento que é retomado em "A menina e o anjo":

O que fazia o teu Anjo da Guarda,
que te deixou ficar assim branca branca,
neste vestido branco,
neste caixão tão branco que me dói nos olhos
há tantos anos?

A quarta parte, "À espera dos traços luminosos", traz para a luz os dilemas e prazeres de ler e escrever. O poeta surge como um amálgama de suas leituras, dos personagens e aventuras que povoaram sua infância, dos escritores que encantaram o jovem e o adulto. Ainda que surja, de repente, o mistério: por que a releitura de um livro amado, algum tempo depois, pode não gerar a mesma emoção ("O poeta e seu leitor")?

Não, não mudou o poeta,
nem me enganei no que li

na voz serena dos versos
em que chorei ou sorri:

é que o leitor do poeta
foi um que em mim já perdi.

Os quartos (ou as estantes, ou as paredes) cheios de livros são outra imagem recorrente na espiral poética do autor, e se fazem presentes em três poemas desta antologia: "Tardes", "Estantes" e "Noite de maio". Ali, mais que um mundo de livros, está um mundo de histórias, poemas, "um infinito de névoas". Muito embora, sugere Ruy, nem mesmo quatro mil e tantos livros nas paredes garantem a inspiração:

E este caderno aberto sobre a mesa
à espera dos traços luminosos
que, sonhados na alma, jamais chegaram
às minhas mãos.

Uma quinta seção fecha a antologia, como uma síntese: são quatro poemas que remetem, cada um, a uma das estações da vida – infância, juventude, maturidade e velhice. Como observado anteriormente, estações que necessariamente não se aprimoram, mas sim dialogam, em uma "estação infinita". Talvez o grande tema do autor seja mesmo o tempo, em todas as suas dimensões. O tempo que passa diariamente (manhã, tarde e noite estão presentes em vários poemas) ou a cada ano (há poemas que situam claramente cada mês do ano), mas principalmente o tempo no que ele implica de permanências e mudanças, ganhos e perdas. "Esse tesouro de ausências", que dá título à quinta parte do livro.

Espero que esta seleção seja um bom convite para você conhecer e se emocionar com a notável obra de Ruy Espinheira Filho. Boa leitura.

Leo Cunha

essas coisas de emoção e de beleza:

poemas sobre amor e desejo

encanto

Acho que nunca te disse nada
para não quebrar o encanto.

Um encanto é coisa rara
tem que ser guardado
com todos os cuidados
e as virtudes
da alma.

Um encanto é delicado,
parte-se com extrema facilidade.
E depois sobrevém a tragédia do desencanto.

Por isso as histórias param quando o beijo
[do Cavaleiro
quebra o encanto da Bela.
Porque, se continuassem,
eles se casariam,
teriam filhos,
ficariam preocupados com as despesas,
adiante se sentiriam tão entediados que passariam
[o resto da vida
indiferentes um ao outro,
vendo televisão.

Por isso cessam as histórias onde cessam.
Como não prosseguem,
continuamos na atmosfera encantada,
todos ainda no poético papel de Cavaleiro e Bela.

Acho que foi por isso,
para não perder o encanto,
que não te disse nada.
Não coisa propriamente intencional,
calculada decisão.
Pensei inicialmente em instinto,
mas hoje creio que talvez uma fada me tenha
[soprado alguma coisa
no sono.

Não te disse nada.
Foram-se muitos anos e nunca te disse nada.
Mas, na verdade, não há tempo no Reino do
[Encanto.
Tu que o digas, pois continuas
a Bela.
Eu que o diga, pois continuo
o Cavaleiro.
E somos felizes para sempre.

Assim é o encanto.

Como já foi dito,
raro e delicado.

Todo cuidado é pouco.

Com ele
só podem lidar, sem perigo,
o Amor Perfeito,
os unicórnios
e a infância.

campo de Eros

Amor: esta palavra acende uma
lua no peito, e tudo mais se esfuma.

E testemunho: eis que Amor deixou
ferida cada coisa que tocou.

E tudo dele fala: a mesa, a cama
(como abrasa este hálito de chama!),

o bar, cadeiras, livros e paredes
vivem, revivem: de fomes e sedes

a corpos saciados. Tudo fala,
tudo conta. Só a boca é que se cala.

Amor. Do extinto pássaro, o voo
prossegue, inexorável. Mas perdoo,

eu, essa lâmina que me escalavra,
revolve em mim, em sua funda lavra,

amor, restos de amor, gestos quebrados,
enganos, mais amor, olhos magoados,

e fúria, e canto, e riso, e dança, e dor.
E a Quimera. E amor, amor, amor

por toda parte trucidado e em flor.

depois de certo tempo

a Carlos Barbosa

Depois de certo tempo, a única certeza
que temos em nós é a da implacável beleza

das mulheres que amamos um dia, loucamente
e até, em casos mais graves, eternamente...

E de certezas mais não temos quase nada,
a não ser a do esplendor das histórias de fada

onde há o príncipe que somos e ela, a que amamos,
e tão felizes para sempre cintilamos.

Depois de certo tempo é só o que o coração
nos pulsa: essas mulheres que jamais se vão

(pois vivem em nós e, enquanto não nos tornamos
sombras, nas luzes mais suaves as sonhamos)

e essa alma ideal, embora tão secreta,
que fingimos não ser nossa, mas de um poeta

que lemos em incerto dia e o admiramos
tanto que dele até em silêncio falamos.

Depois de certo tempo, a única certeza
são essas coisas de emoção e de beleza,

que podem não ser muito, e mesmo não ser nada,
mas que são nosso conto de príncipe e fada

– e para além nos levam desta dura lida
que contou para nós o outro lado da vida.

fulgor

Ela
emergiu da neblina
para o jardim.

Ele
abandonou os beduínos
no deserto.
                                        Esqueceu
Flash Gordon,
Merlin,
Jad-bal-ja,
a Falsa Tartaruga,
                                        as virgens raptadas
que por ele suspiravam encarceradas
na solidão.

Ela
atravessou o jardim
até
a outra porta da neblina
onde se dissolveu,
                                também
neblina.

(E eis que ele
até
duvidaria
dessa visão,
não fossem certas fraturas
comovidas
no coração.)

do amor

Todo amor está perdido
ao nascer.
                    Em vão nossos corpos
nos absorvem, em vão
nos lançamos aos nossos
abismos recíprocos:
                                        o amor
aí não está.

Em nós ecoa o seu chamado
e nos submete. Mas apenas
chamado: ao fim
há outro chamado
                                    e outro
                                                    e outro
e na origem do outro
que sempre vem depois
(e portanto nunca chega)
está o amor,
o que é o mesmo que não estar.

Nisto meditas,
neste crepúsculo que desce
e que não é crepúsculo:

é o que
está em ti;
o que quer amar e mesmo pensa
que ama;
e mesmo ama,
só que sempre outra coisa:
não bebe a água
mas a sombra (que cintila) da água.

Nisto pensas,
olhando as andorinhas
mortas há vinte anos e que voam
ao pôr do sol.

Nisto mergulhas
(doce é o som e a frescura
dessa sombra que marulha)
e te deixas levar
para o que está perdido desde a sua origem,
para o que não há
e no entanto
é o que mantém à superfície
amorosamente
os teus destroços.

a musa

Talvez a amasse muito,
talvez não a amasse nada,
talvez amasse somente
seu doce perfil na tarde,

ou só seu vestido branco,
ou só as tranças compridas,
ou apenas o passo leve,
ou somente o jeito esguio,

ou o olhar dissimulado,
ou as suaves sobrancelhas,
ou os seios imaturos,
ou a concha das orelhas,

ou só as mãos delicadas,
ou só os pés pequeninos,
ou as panturrilhas, ou
sua cintura tão fina,

ou... Mas eis que tudo amava,
sobretudo o que não via
do que a cabeça sonhava,
do que a roupa lhe escondia.

Tudo amava, de alma inteira,
até ficar quase morto.
E doido – de cometer
um primeiro verso torto.

soneto de julho

É muito tarde para não te amar.
Tudo o que ouço é o sopro do teu nome.
O que sinto é teu corpo, que consome
– presente, ausente – o meu corpo. Luar

em que me abraso, morro: teu olhar
ofuscando memórias, onde some
um mundo, e outro se ergue. Sede, fome
e esperança. Ah, para não te amar

é tão tarde que tudo é já distância,
que só respiro este luar que me arde,
este sopro sem praias do teu nome,

esta pedra em que pulsa e medra a ânsia
e esta aura, enfim, em que me envolve (é tarde!)
o que és – presente, ausente – e me consome.

voo cego

Um pássaro te procura
na cidade adormecida.
Vai em voo cego: seus olhos
só verão quando te virem.

E onde te ver? Não sabe.
Só conhece o procurar,
indiferente às ressacas
do vento e ao seu cessar.

Pássaro, a noite já finda
e continuas trevado
pela flama que não viste
nos olhos da procurada!

Eis que retorna como em
outras tantas madrugadas,
trazendo nada da busca
em suas asas exaustas.

Frágil perfil, contra a aurora,
de um cinzento voo desfeito,
ele se transforma em vácuo
e se recolhe ao meu peito.

soneto para Sandra

Porque és assim tão bela, só me resta
achar que os deuses me amam; e urdir-me
eu-mesmo, como nunca, sem mentir-me,
amplo, repleto, pleno, claro, nesta

lua que em mim acordas para esta
gesta que tange a alma e me faz ir-me
de mim a mim, em mim, para sentir-me
como tu me modulas nesta festa

que retumba na aorta iluminada.
Porque és assim, uns ventos doidos tramam
meus caminhos, que esplendem na orvalhada

da vida nova, de onde os sonhos chamam,
e eu beijo a tua boca ensolarada
e só me resta achar que os deuses me amam.

segundo soneto para Sandra

Porque és, além de bela, fugidia,
e me deslembras de alma tão serena
quanto os teus olhos, só me resta a pena
de assim te aceitar. Como a poesia,

me assombras sem aviso: pleno dia;
depois a noite, a ausência, o vácuo, a pena
de te saber distante e tão serena
em me esquecer. Mas há uma alegria

que em mim dispersa a infelicidade
cujo sabor amarga estes quartetos
que acabo de escrever – e, na verdade,

já me compõe feliz nestes tercetos:
porque ganhei, contigo, uma saudade
luminosa – como és – e dois sonetos.

canção do amor antigo

Amor antigo, de quando
nem me sabia te amando.

Sabia só que se abria
o dia quando te via

e alguma coisa doía
com uma dor de alegria

– ou como feliz desgosto
aceso à luz do teu rosto.

Contrastes de que vivia
minha história, noite e dia:

aquilo que iluminava
era o mesmo que apagava

a luz, e me anoitecia
de calar o que sentia:

alta maré de paixão
queimando no coração.

E vieram horas e anos
– prosaicos, cotidianos,

e mais isto e aquilo: coisas
sem conta: vagidos, loisas,

ventos de riso e de dor
e, de repente, um amor.

Aliás: amores. Leves
ou densos, mas sempre breves,

pois nenhum em mim abria
o dia de quando via,

para meu feliz desgosto,
a harmonia do teu rosto.

Claro dia que doía
– e ainda dói, neste dia,

com o mesmo brilho de enganos,
apesar dos tantos anos

(e talvez um certo gosto
de tarde morta, sol-posto).

E assim permanece em mim,
como antes. Como no fim

será: mesmo amor de quando
nem me sabia te amando.

até que a vida nos separe

Teu riso é límpido.
Teu corpo é claro e suave.
Caminhamos alegremente, formosos
na manhã azul.

Tu me contas coisas simples, pequenos
acontecimentos das últimas horas. Vamos
de mãos dadas, corações pacificados
e infantes, abertos aos gorjeios
do parque.

O mago Merlin nos oferece duas rosas vermelhas,
[sorrindo
com jeito de Papai Noel, e pergunta se vimos
o Santo Graal.
– Está ali naquela árvore – tu respondes. – Escondido
[numa casa
de joão-de-barro.
Merlin agradece e prende um cravo
em teus cabelos.

Logo adiante há uma festa,
subimos na roda-gigante e nos sentamos ao lado
do rei de Tule,

que atira a taça, a coroa, o cetro e o manto de púrpura
para a multidão.
Há aplausos e grandes risadas.
Certas leis são fartamente distribuídas para serem
[insultadas,
rasgadas,
incineradas
publicamente.
E o povo dança sobre as cinzas dessas leis
enfim justiçadas.

Instantes depois estamos na praia.
Alguém nos acena de um veleiro que passa
– talvez Simbad, talvez Robinson Crusoé –
e respondemos com amplos gestos de saudação.

Não sei como aprendeste a conversar com as ondinas.
Vejo-te falar com elas como se fossem velhas amigas,
numa linguagem doce e intraduzível como o
[marulho
das ondas.
E recebes notícias de ilhas distantes,
uma pulseira de coral dos abismos
oceânicos, o gancho que substituiu
a mão decepada de um bucaneiro
das Antilhas.

E andamos pelos campos,
e nos acariciamos,
e nos amamos longamente
sobre a relva.
Assim flui a tarde, e surge
uma lua imensa, muito clara, refletindo-se
em teus olhos. E há pirilampos
em teus cabelos.

Como a manhã e a tarde,
também se desfaz a noite.
E somos filhos do orvalho, primeiros habitantes
do dia.
Nunca estiveste tão bonita, assim
amanhecente,
caminhando junto a mim pela estrada
de areia branca.
Em breve o sol dominará o céu,
reabrirá as praias,
despertará a cidade dos homens
repousados.
Mas tu não precisas, nem eu, de repouso.

Estamos lúcidos, seguiremos lúcidos.
Sinto vontade de dizer-te palavras novas,
feitas especialmente para transmitir o ritmo

do meu coração.
Mas fico em silêncio, envolto
em tua presença,
luminoso de alegria.
Já não conheço meu nome, nem a minha idade, nem a minha terra.
Bastam-me este momento
e esta estrada,
o cheiro de mato,
a manhã nascente,
a melodia que se desprende
do teu andar.

Há gotas de sereno em tua testa,
nas tuas pálpebras, nos teus lábios.

Ao passarinho que pergunta de onde vens,
respondes
como aquela *niña* de García Lorca:
– *Vengo de los amores y de las fuentes.*

E continuamos, continuamos.

uma herança cintilante:

poemas sobre casa e família

quando meu avô deixou a sua terra

ao meu tio Itamar,
que me contou esta história,
e a seus irmãos, Ruy e Geraldo,
que também a viveram

Quando meu avô deixou a sua terra
o trem começou a apitar
desde que ele, meu avô Antonio,
chegou à estação.
E apitou por todo o tempo
por todos os trilhos a cumprir até
o seu destino.

Assim ele partiu, meu avô
Antonio Coimbra,
quando deixou a sua terra,
num trem que chorava
porque ele partia,
através de vales e barrancos
chorava
sobre rios e montes
chorava
com gemidos e fumo negro
chorava.

E lá vai ele
                    lá vai
soluçando
através dos anos trinta.
                                        Lá vai
o trem inconsolável
porque parte esse homem
                                        numa viagem
que sai da estrada e das horas
e se torna
memória e
circula em nosso sangue,
em nosso assombro de família;
                                        porque parte

esse
alto em seu espírito,
                    suave
em seu rosto mulato,
                    rude
em sua dignidade,
                    confiante
em seus olhos verdes,
                    ainda longe
– felizmente ainda muito longe –
dos anos tristes;
                    ele,
por quem acreditamos em homens maiores
(e o trem chorava
chora
com fagulhas e ranger de ferros),
Antonio Coimbra Espinheira,
                              cirurgião-dentista,
meu avô.

retrato

Eu te vejo neste retrato
como te via aos dezessete anos.
Tinhas trinta e nove, luminosamente.
Como passaste, pai! Como passamos!

Há tanto tempo já que tu partiste.
Todo um mundo se foi – e vai, e vai...
Olho o teu rosto na moldura e penso
que tenho hoje idade de ser teu pai.

soneto da chuva e da voz

a Miguel Sanches Neto

Desde que despertei está chovendo.
Aliás, desde antes, pois, ainda dormindo,
claramente escutei chuva caindo
longe, por trás de um sonho: meu pai lendo,

para mim, *Hora absurda*; ainda estou vendo
seu rosto em luz antiga. Quase findo
é o dia, agora, e a chuva caindo, caindo...
E em minha alma meu pai ainda está lendo.

Não é, como no poema, um ouro baço
que chove aqui: é só água do outono
que o calendário traz nos fins de março.

E a voz prossegue. E, num sonho sem sono,
me consola de mim neste cansaço
de outonos falsos, sombras, abandono.

vinte anos

I

Nestes vinte anos
foram tantos sonhos que perdi a conta.
Sonhei-te maduro, sereno, às vezes chegando
de viagem
ou sorrindo em festas com teus vinhos
e músicas e elegantes
passos de dança,
e te sonhei muito jovem como
em certas fotografias,
ou como te conheci a princípio,
porque entre nós havia pouco mais
de vinte anos.

II

Mas, nestes vinte anos,
não foram apenas sonhos,
também perdi
a conta de nossos encontros
em dia pleno,
viva companhia.

Tanto assim
que às vezes sucediam certas coisas,
como na tarde em que peguei dois exemplares,
um para te presentear,
de um livro que acabava de sair,
só depois de algum tempo me lembrando,
num susto doloroso,
de que havias morrido,
de que há muitos meses
estavas morto,
morto.

III

Nestes vinte anos,
como em todo meu tempo anterior,
estiveste comigo
– compreensão, coragem, segurança, rumo –
numa presença poderosa que poucos conhecem
e se chama caráter.

IV

Ao fim destes vinte anos
o que sinto é que passou muito tempo,

bem mais do que poderia caber
em vinte anos.
Às vezes me sinto velho,
mas então me lembro que ainda faltam
dois anos para que eu chegue
à tua idade final
– e tu morreste sem envelhecer,
ainda em plena força de homem,
sábio e luminoso
no coração.

V

Nestes vinte anos
houve uma mudança de milênio,
teus netos ficaram adultos,
vários amigos se despediram,
outros perderam partes do corpo
(em certos casos, também da alma),
mas os que ainda vejo falam
comovidos
de ti.

VI

Ao fim destes vinte anos,
escrevo estas palavras e me envergonho
de não saber dizer melhor
dos acordes que soam em nós
que te conhecemos.

Mas,
se tanto não sei,
não sabemos,
sabemos o que importa:
que somos especiais
porque vivemos o tempo generoso da tua voz,
do teu gesto,
e continuamos a viver esse tempo,
confortados
por tua densa e cálida memória,
meu pai.

mãe

Era resoluto e forte
o rosto da tua morte.

E uma impaciência havia,
clara, nos traços: ardia

bem mais que as chamas das velas
e do que o sol nas janelas.

Impaciência com a vida
por retardar a partida?

Ou apenas má impressão
a abafar-me o coração?

Sem enganos: era, forte,
uma afirmação da morte

– reivindicada, exigida
como um direito da vida.

Da vida não se querendo
mais, há muito se esquecendo

de tudo o que fora um dia
flor, esperança, alegria.

Vida já sabendo só
pesadelos, perdas, pó

– dia e noite, noite e dia,
labirintos de agonia.

Por isso aquilo que eu via:
a impaciência que ardia

em teu rosto, que doía
em tudo que em mim sentia;

teu rosto que eu mais lembrava
em vezes que cintilava

no riso; ou sereno, terno
de longo ofício materno.

Teu rosto, teus tantos rostos
de alegrias ou desgostos,

sob esse outro, final,
além do bem e do mal,

rosto pleno da beleza
de imaculada certeza

de que a vida já ia tarde...
Uma certeza que arde

e me ilumina... Ah, espero
(mais ainda: é o que mais quero)

que seja assim o meu rosto
dada a hora do sol-posto:

como, resoluto e forte,
o rosto da tua morte.

plenitude

Deixou, de súbito, um gesto
interrompido. Depois
a mão foi pousando, leve,
sobre o esquecido bordado.
Passeou o olhar sereno
pelas paredes da sala
com seus quadros; pelos móveis
nascidos de troncos nobres
como o brilhante assoalho.
Estava tudo perfeito,
num afago de silêncio
e trinta anos felizes
contando-se em cada canto,
em cada objeto, no ar.
Lembrou o filho: tão bem
em seu consultório branco.
Lembrou a filha: ah, os netos,
quando viriam de novo
visitá-la? No Natal,
sim, mas ainda tão longe!...

Olhou o tempo no pulso:
pouco mais de meia hora
para o marido chegar,

abrir a porta, lavar
as mãos, sentar-se, almoçar,
contar com seu jeito manso
pequenas coisas do dia
e, antes de voltar à rua,
ouvir no rádio as notícias
conflagradas de estática.

Ela suspirou, enquanto
ia arrumando o bordado
na cestinha de costura
(estava faltando apenas
uns arremates na última
pétala da rosa-chá).

Sentia-se plena, serena,
descendo os sete degraus
que iam dar no quintal.
Do mesmo jeito subiu
(só perdendo um pouco o fôlego)
a outra escada, a de ferro,
que levava à cobertura
do reservatório de água
– de onde a vista alcançava
o amplo azul do horizonte
além dos verdes gerais.

Ela sorriu: sempre amara
aqueles campos tranquilos
onde brincara menina,
onde cresceram seus filhos.
Ah, plenitude serena
da vida!...
                    Respirou fundo
(havia jasmins por perto)
e afastou a pesada
tampa de ferro e cimento.
As bordas a machucaram
(engordara alguma coisa
naqueles anos amenos)
mas logo as águas vieram
trazer-lhe o seu frio bálsamo.
Ai vontade de fechar
os olhos, ser embalada,
dormir... Mas ela os manteve
abertos, fitando as luzes
altas, cada vez mais altas,
até o céu se apagar.

poema para Mario

1

Há dois anos e sete meses.
Agosto.

Mais precisamente
aquela noite
                              (o mar
respirando além da rua,
da amurada,
                              a lua
pesada
sobre os edifícios, sobre
mim);
                              mais
precisamente
quando soube que chegavas,
quando
te vi,
               quando
há dois anos e sete meses
e
um dia
te ouvi chorar,

foi que
percebi: já era bem tarde.
Apenas
um velho me restaria
de mim
para te dar.
E diante da janela alta
fiquei
sentindo.
Como sentimos quando a vida
se despe.

2

Só o Tempo chegamos
a conhecer: no espelho
se revela, nos ossos, na
memória.
No mais,
como o grego
que fora moço e moça e planta e pássaro
e mudo peixe do mar,
nada de nós
sabemos.
Só o Tempo
(nossa mais íntima

matéria)
está
conosco.
Agora
e na Hora.
O Tempo,
há dois anos e sete meses
e um dia
(quando
despertavas),
o Tempo,
como nunca antes em mim, lâmina
fria.

3

Saberás que houve o homem
que escreve nesta noite estagnada.

Sonharás
com nevoentos bares onde ele
naufragou.
Ouvirás
dizer de seus amores, seus
compromissos
com o vento.

Tentarás
vê-lo melhor nas palavras
impressas ou retorcidas
nos cadernos.
Perguntarás
debruçado sobre o vago
onde se esfuma aquele
de há dois anos e sete meses
e um dia,
aquele
ferido por já ser tão tarde
quando vieste.

Perguntarás.
Por ele perguntarás
em tua própria noite estagnada.

4

Sei que haverá um homem
com teu nome
e a idade que hoje tem
este homem.

Sonho
longínquos bares

onde ele navegará;
e seus amores, suas
ilhas
no ar.

Tento
conhecê-lo
(embora
tão distante)
no olhar, no gesto
do infante.

Pergunto
debruçado sobre o vago
onde se perde aquele
que será
talvez quando eu já não possa
perguntar.

5

Em agosto, de súbito, não havia
senão o Tempo
respirando, pesando
sobre mim.
E fiquei

sentindo
como sentimos quando nos traem.
                    E também
como se traísse
pois permitira que a vida se escoasse
tanto
antes de ti.

Eu,
um já antigo em sua viagem,
fitando vinte anos
vazios de nossa história.

Diante da janela alta,
sentindo.
Como sentimos quando a alma
morre.

poema para Matilde

I

Há apenas um mês
sob a luz do mundo,
dormes, criança, e és
um profundo mistério
à guarda dos espíritos
brancos do ar.
                    Como saber-te,
tocar-te sob o sono
ainda úmido do Eterno?
Longos caminhos, obscuros
meandros percorreu
a carne até essa bolha
de vida que tem teu nome
(a carne e esse sopro, o lado
lúcifer, que consome
universos e a si mesmo
até nossa cinza última).

Teu cristal, como o de todos,
oculta sombras de poetas,
assassinos, prostitutas,
sórdidos virtuosos, anjos

malditos, imaculados
blasfemos, pobres diabos,
mornos de espírito, vozes
clamantes no deserto.

II

O deserto. Logo verás
como é vasto. Ainda mais
que o mar;
                    e ainda mais
que tudo;
                    tão longo e largo
e profundo;
                    composto
pelo abismo que há
entre o homem e o homem.

E sentirás nos olhos
o gume das areias
lançadas por um vento
feroz que vem de toda
parte e uiva e fere
até que já não sejamos
mais que um punho frio
de pedra

no vão do peito
vão.

E sofrerás a fratura
de gestos generosos;
a
amputação de asas;
o
ruído de botas sobre
sussurros de amor;
e
lobos que beberão
as fontes
até que não reste
uma gota de ternura.

E talvez te desesperes
setenta vezes setenta
vezes. Porém confio
que não silenciarás
nem te curvarás
(e isto
é muito mais do que pode
a maioria dos homens)
ante o que for menos justo
que a justiça.

Assim confio:
jamais
aceitarás a doçura
da vida que sempre há
no deserto
para quem é deserto.

(E fico a sonhar teus filhos
recebendo
– talvez
adormecidos como estás
agora, junto à janela
aberta ao azul de março –
de ti esta que te oferto
dura
herança de viver,
dever
e esperança.)

a avó

Na memória
de sua terra distante,
terremotos, poemas, vulcões,
imperadores, santos, anticristos.

No ventre,
o dom de semear novas infâncias
numa terra distante.

o avô

1

O avô descansa
de quase um século.
O rosto é sereno
(não sei como pode
mostrar essa calma
após tanto tempo)
e as mãos despediram
todos os gestos.

O avô entre rosas
com seu terno escuro.
Pela primeira vez
indiferente.
Pela primeira vez
desatencioso
com mulher, filhos, netos,
conhecidos, o mundo.

Nem que implorássemos
nos recontaria
as tantas lembranças
entre farrapos de ópera.

Descansa tão fundo e
alto que é impossível
despertá-lo, saber
mesmo onde repousa.
No entanto está em nós
e nos impõe seus traços,
cor de olhos, jeito
de andar, sorrir, falar.

E o mais difícil de
cumprir:
                a insuavizável
dignidade.

2

Avô, já nos retiramos.
Em silêncio vamos descendo
a ladeira. Pó do teu pó,
flutuaremos até
que o vento contenha o sopro.

E então te herdaremos
também essa paz final.
Absoluta. Tão perfeita
que nem a saberemos.

Giuseppe

Desse avô, apenas
um retrato austero
e breves notícias:
possuía casarão,
armazéns, caminhões
e um jazigo perpétuo
(onde hoje repousa
com a mulher e o genro).

Seria improvável
(melhor: impossível)
um avô tão vago
achar lugar nessa
infância e no tempo
que veio depois.
Porém lá está.
E aqui está.

Desse avô,
nada nos chegou
de gesto, palavra,
legado de posses
(estas últimas levadas
por incertos cálculos

e certos parentes).
Mas nos veio este
mistério amoroso
que comove como
cantiga longínqua,
inaudível quase,
incompleta,
                    e que,
no entanto, escutamos,
e em nós recolhemos.

Desse avô que se foi
antes de nossas vidas,
uma herança cintila
nos ossos, no sonho,
e é doce no poço
do coração.

a casa dos nove pinheiros

A casa permanece jovem,
embora meu pai a tenha construído
em meados dos anos 50,
quando também precisou
vendê-la
e viajar
para que os filhos tivessem melhores estudos
em cidade maior.

Todos os que a habitaram
desde então
trataram-na com desvelo,
inclusive
a senhora que um dia subiu
no grande reservatório de água
para se afogar.

Sempre esteve em mim, nitidamente,
a casa
como nas fotografias que meu filho tirou
recentemente.
E de forma mais ampla ainda
me habitando,
ela,

pois que nela vivi por vários meses
nos fins da infância.

Nas fotografias,
o caminho lateral da casa,
a varanda sobre esse caminho,
a casa vista da rua
e, principalmente,
os nove pinheiros em pedras
incrustadas na varanda.
Nove pinheiros enfileirados
em curva suave,
do maior ao menorzinho,
representando
o pai,
a mãe,
os sete filhos
que ali moravam.

Sim, tudo permanece
jovem.

Os pinheiros continuarão a lembrar
pai,
mãe,
sete filhos,

mesmo quando não restar sequer um deles
para sentir certo tempo,
respirar a casa,

como eu agora,
com antiga alegria e um sabor
de lágrimas.

para onde vamos é sempre ontem:

poemas sobre saudade e memória

de uma forma ou de outra

Não sei se é recordação,
ou se é sonho da memória.
Seja o que for, é emoção,
vivida ou inventada história.

Houve mesmo aquela tarde?
Fomos juntos à colina?
Pouco importa – que a alma me arde
e o coração me assassina,

pois é um conto que se conta
e se reconta sem fim,
seja uma lembrança tonta
ou triste ficção de mim.

De uma forma ou de outra, a tarde
me dói no alto da colina
à beira-mar. E a alma me arde.
E o coração me assassina.

se agora me procurasses

Não é nada, eu te diria,
se agora me procurasses.
É só um menino antigo
que num dourado crepúsculo
vai voltando para casa.
É só um rio de águas escuras,
pesadas, cortando o vale.
É só essa grama verde,
ainda úmida de orvalho,
que ela pisa indiferente
e se vai, os pés descalços.
É só a lua velando
a praça da noite alta,
e aquele amigo cantando,
e esse outro embriagado,
e o violão com seu lamento
sob janelas fechadas.
É só esse corpo triste
da mulher da madrugada,
de que me afasto levando
o desencanto comprado.
É só a menina branca
que, num sono inviolável,
lá se vai para a colina

em seu caixão pequenino
sob a garoa da tarde.
É só a moça que dói,
espezinha, humilha, mata,
lança-me as cinzas ao vento
com seu jeito de passar...
É só a estrada poeirenta
que vive a nos separar
(parte quem não quer partir,
fica quem não quer ficar).
É só a boca amarga sem
o beijo da poesia,
e aquele olhar – desvelado! –
penetrando o céu vazio...
Ah, se tu me procurasses
agora, eu te diria
que comigo não há nada:
é só tão pouca alegria,
é só a memória doendo,
é só a vida que se vai,
é só eu que estou sofrendo...

memória da chuva

Talvez o Espírito de Deus pairasse
sobre a face das águas,
mas só o que ele,
                                        o menino insone,
viu
foi o escuro e as gotas que caíam
num murmúrio.
                                        Foi só
o que viu
e ouviu,
além da sirene do Cine Glória
em seu alarme
e a avó falando baixinho à Virgem Santíssima,
e os lobisomens no vento,
e na imaginação o açude
solto nas ruas,
na praça,
subindo até tanger o sino da igreja
do Divino.

Talvez o Espírito de Deus pairasse
sobre as nuvens,
mas não estava lá quando veio a manhã

e as nuvens se esgarçaram
e o azul foi alagando
o céu,
e o açude respirava
serenamente
entre as margens pantanosas e a muralha de pedra.

E todos
estavam felizes.
Todos.
Menos um:
aquele,
o menino insone,
que perdera seu reino submerso.

manhã solene

Todos enfileirados
no Sete de Setembro.

Eu invejava o D. Pedro I adolescente
em seu cavalo,
a espada desembainhada,
prestes a soltar o brado célebre
de liberdade
ou morte.

Mas,
chegada a hora,
mal se ouviu um semitonado
nada heroico
e a espada se elevou
com hesitação
nem se atrevendo a cintilar
ao sol
que patrioticamente comparecera
com toda a pompa
e circunstância.

Meus melhores sentimentos cívicos se dissolveram
deixando uma mancha escura
na alma.

Salvou-me a menina que
de súbito
sorriu
um sorriso luminoso
como as flores que trazia
nas mãos.

despojos

A cadela Java, parida,
                                        salta
e arranca a saia da moça
na escada que desce para o quintal.

Gritos.
Mas não foi nada.
                                        Nem um risco
na pele.

Levo comigo as coxas nuas
inquietantes
soltas na manhã.

circo

Raia o sol, suspende a lua,
o palhaço está na rua.

Tremula a lona na praça,
tempos de assombro e de graça.

Ah, que gente tão risonha
nessa cidade que sonha

tigres, grifos, leões de oiro
e mulheres em voo loiro,

vindas de rússias e franças
– e acima das esperanças...

Nunca além de uma semana
permanece essa profana

prova de que Deus existe
e nem sempre a vida é triste.

Baixa o sol, se esconde a lua,
não há mais nada na rua,

caminho de pó e vento,
formigas, cão sonolento...

Porém já nada é tristonho,
pois fica um sabor de sonho

– infenso a tempo e distância –
a nos sonhar essa infância.

tangos

Voavam dos discos negros
e velozes.

Voavam
da radiola em que dávamos corda com uma
[manivela
prateada.
Voavam
na sala
saíam
pela janela
enchendo a rua de vozes
trágicas.

A noite esfriava lentamente.

Os discos
voltavam
às suas capas de
papel.

Em mim,
recolhiam-se as vozes e os
bandoneons

que

para sempre

juntaram à minha vida suas almas

dilaceradas.

árvores

Quando havia árvores no jardim, sentávamo-nos
[à sombra
sem surpresa nenhuma de sermos tão jovens
(todos os milênios tinham trabalhado para aquilo:
nossa juventude à sombra das árvores).

Passavam seios, bocas, panturrilhas, joelhos,
nesga de coxa ao vento: nossos corpos sonhavam
(as almas também sonhavam, mas não falemos
[do que
jamais encontra sombra para se suavizar).

E foi assim, então: tardes mornas que sonhavam
num longínquo jardim à sombra de árvores e
[sonhos
(e assim ainda é, por haver o que me lembra
sonhando esta memória com árvores no jardim).

águas

1

Sentir que pode
voltar
à casa cinquenta anos
atrás
e ver o pai e a mãe
ainda jovens
e pegar a bicicleta
azul
e navegar nas fagulhas
da manhã.

2

Sentir que ela
continua ali
no pátio do colégio
morena
as pernas unidas e os joelhos
ao sol
e as mãos pequeninas
e no anular
esquerdo

o anel de pedra
noturna.

3

Sentir que ainda estão
todos
à mesa de tampo de vidro
com
cervejas e vinhos
e licores
e é belo o cão que atende
pelo nome do poeta
de Isla Negra
como tudo é belo
e é suave
o coração.

4

Sentir a árvore
as folhas
no chão e nos cabelos
e os frutos
na boca
e

no mais alto galho
ante o céu
profundo
a alma
feita da substância
dos ventos e dos
horizontes.

5

Sentir a casa
os pais
a bicicleta
a moça
os bebedores
o cão
a árvore
a alma

ele
cada vez mais
imerso nas águas
do sempre mesmo e cálido
rio.

elegia

Não abram esta janela.
Não afastem estas cortinas.
Nesta sala os amigos mortos
estão bebendo a sua cerveja.

Uma voz há muito perdida
(só os meus ouvidos a ouvem)
chama do fundo da infância
e eu me sinto sangrar.

Pousa uma garoa antiga
nos meus cabelos, e brilha.
A criança brinca com um martelo
que cai sobre o meu coração.

Tanta coisa silenciada!
O olhar, turvo, passeia
pelo quintal, onde só há
a infância alheia
                    e o vento.

fuga

Escuto o tempo fluindo
no rumor azul da tarde.
E sinto-o ventar em mim
e doer bem onde arde
meu coração – doer com
incontáveis estilhaços
de idos objetos e
de mim mesmo.
E escuto passos
me acompanhando: são meus
próprios passos – de ontem e antes
e hoje. Talvez de amanhã.
Em seus lenços ondulantes,
o vento que sopra o tempo
oculta fundos mistérios
– e do que era sorriso
compõe esses rostos sérios
que nos encaram do espelho
e de outros corpos
e vemos,
sob eles, os suaves traços
de quem em nós já perdemos.

Escuto o tempo fluindo,
fugindo. Sobe um soluço
da carne de tudo: móveis,
tecidos, metais. Que forte
é a morte!
                                E só a memória
vive, vive-nos, e soa
seus violinos de névoa
sob um frio sol que monta
num céu de assombro: o Perdido.
Essa lenda que se amplia
no peito – já erodido
pelas distâncias – que vai
explodir em cada gota,
seixo, brilho, sombra, hálito
de alma
                    (essa asa rota
sangrando os seus enganos
entre as paredes do verso)

até nada se mover
sobre o extinto universo.

destino e fuga

Para onde vamos é sempre ontem.
Lá
(que é vário) ponderamos os nossos gestos
buscando
modular outros tão belos. E inúmeras
são as vezes em que nos inclinamos
sobre a fonte
que não reflete:
mostra
o límpido rosto do nosso
rosto
que já não nos fita dos espelhos.

Para onde vamos é sempre ontem. Como
de onde fugimos é sempre
amanhã.

caixa

Nem era mais lembrada esta caixa de metal
com um veleiro enferrujado na tampa.
No entanto, esquecida, não esqueceu,
como mostra, ao ser aberta,
nesta agenda com números de telefones
que soam na juventude
e nesta fotografia
de
pai, mãe, avó, sete meninos
sob um sol anoitecido há quarenta anos.

Não esqueceu. E se deixa
fechar novamente por quem sabe
que ela nunca mais se fechará.

as sombras luminosas

I. Moça em janeiro

Sob a árvore
a moça
úmida do rio.

Porque não a tocaste
te feriste assim
tão fundo e sem cura.

Há muitos anos. Janeiro
cuja ronda não cessa.

Janeiro em sol e dor
cintilando
no que do rio ficou
no corpo e flui
para o teu peito de amarugem.

II. Moça na varanda

Na varanda noturna navegas
inatingível.

Entre nós uma rua, um bosque,
o infinito.

Ai que ninguém mais ama,
que ninguém

tem tempo para ouvir
o que se cala

para se contar apenas ao silêncio
no quarto

até que o sono me salve para amanhã
e seu inferno.

III. Moça na fazenda

Trazias a chuva
nos cabelos.

Nos olhos o campo
verde.

O cavalo lá fora
aguardava
tempo melhor para partir.

Nunca mais, porém.
Ali ficamos
assim
e ficaremos, enquanto a estrela-d'alva
adiar sua queda
sobre mim.

IV. Os canários

Os canários mortos
voando na sala,
através do tempo,
das coisas, de mim.

Há pouco (vinte anos)
jaziam no fundo
da gaiola: cochos
vazios de água e alpiste.

Mas como lembrar
dessa sede e fome
ao som e ao vento
de festa e viagem?

Nada a fazer,
no escuro retorno,

a não ser cobri-los,
no quintal, de terra.

Mas eles ressurgem,
brotam como milho,
saltam das espigas
e bebem em meus olhos

e comem em meu peito,
enfim saciados:
nada falta no
festim do remorso.

V. Bilhete ao suicida Antonio Carlos Leão

O veneno que circulou,
há quinze anos, no teu sangue,
até hoje circula em mim:
meu sangue.

A noite que veio após
a luz final dos teus olhos,
amigo, ficou em mim:
meus olhos.

E o silêncio que se fez onde
lutava teu coração,
está para sempre em mim:
meu coração.

visitas

De súbito,
movimentos na memória:

olhos tão negros que me fizeram quase
parar o coração;

a menina que chega,
a cavalo,
com cabelos de chuva;

e outra que se foi,
e continua indo,
indo,
e nunca se vai.

E vêm alguns mortos,
resplendentes de vida.

E casas. E ruas. E praças.
E bares que parecem ir dar
no infinito.

De súbito, sim,
mas sem surpresa,

pois há muito já não me surpreende
o que possa visitar
a minha jamais solitária
solidão.

magias

Ao vento de agosto as mãos do pai
eram especialmente mágicas.
Papel, cola, tesoura, talas de bambu.
As arraias subiam como pássaros em flor.
Era um céu suntuoso sobre a cidade.

Depois sopraram outros ventos.

O céu, porém, continuou o mesmo.
Só preciso erguer o olhar e lá estão
as arraias
em toda a sua glória.

Acho que é por isso que ainda me demoro
por aqui
e até ouso, como agora,
algumas palavras
(ainda que baratas demais para a qualidade do
[papel
de rascunho).

E penso que talvez seja também
por isso,

por magias como aquelas,
nascidas das mãos do pai,
que o espírito de Deus não mostra pressa em voltar
a se mover
sobre a face das águas.

a menina e o anjo

O que fazia o teu Anjo da Guarda,
que te deixou ficar assim branca branca,
neste vestido branco,
neste caixão tão branco que me dói nos olhos
há tantos anos?

Em que se distraía ele,
o Anjo,
enquanto baixava esta palidez
que te apagou as cores
como me descoloriu a alma quando te vi
em tua brancura à porta da igreja
branca?

Onde estava ele,
o Omisso,
a quem eu diria as mais terríveis palavras
se o encontrasse?
(Palavras
que, afinal, seriam inúteis,
sem sentido,
pois todos os Anjos, principalmente os da Guarda,
são assim,
por sua própria natureza, que é a dos deuses,

para os quais nada significa uma menina branca,
[vestida de branco,
num caixão branco,
e menos ainda um homem que a recorda desde
[a infância,
que nunca deixou de vê-la, por toda a vida,
na mesma tarde cinzenta com um sino tocando e
[um sol escasso
pondo um ouro fosco e frio
nos telhados).

soneto da tempestade

Sem nenhuma saudade de você,
disse há pouco o seu nome. Mas que estranho:
depois de amor tão vasto, sem tamanho,
seu nome relembrando sem que dê

um salto o coração. Sim, eis que estranho
esta distância em que mal se ouve ou vê
o que era a tempestade de você
que sonhei transformar em doce amanho

de almas. Inutilmente, que do inverno
veio apenas inverno, inverno, inverno
que vi matar-me e que já não se vê

nem mesmo ao longe, em mínimo tamanho.
E então, pensando bem, agora estranho
já ter tido saudade de você...

tempo perdido

No tempo perdido
deslizo à sombra
da árvore, sobre a
música do rio.

No tempo perdido
tudo é cintilância:
no luar, nos copos,
nos teus lábios úmidos.

No tempo perdido
cantam as alviaves
e me amas na areia
de uma praia anônima.

Ó tempo perdido,
como em ti sou rico,
maduro de viagens
e multilustrado!

Só teu universo
feito do não feito
nos dá o melhor
que há no factível.

Tomando o teu barro
nossos dedos moldam
como angelizados
um mundo ideal.

(Na tua verdade
uma outra história:
nós temos as mãos
repletas mas puras.)

Assim, pairo à sombra
da árvore, sobre a
música do rio,
computando nuvens;

conversando flores,
seixos, reflexos;
logo esporeando
um galope mágico.

No tempo perdido
recupero, enfim,
tudo o que perdi
no meu tempo ganho.

alento

Da minha cidade antiga,
o que mais recordo é o silêncio
e um cão latindo ao longe.

Claro que também ouvia perdizes,
pássaros-pretos, tiês-sangue, canários,
curiós, guriatãs
e,
no poço da noite,
lobisomens.

Nada, porém, ficou tanto
e tão fundo
como o silêncio
e um cão latindo ao longe.

Mais que memória,
um alento da alma.

E por isso continuo,
suporto,
renasço das cinzas:

porque há em mim silêncio
e um cão latindo ao longe.

à espera dos traços luminosos:

poemas sobre escrita e leitura

bilhete a Manuel Bandeira

Rio, 5 novembro 64

Espinheira Filho:

Muito me sensibilizou a sua "Canção para Manuel Bandeira", assim como as amáveis palavras da carta que a acompanhavam. Tenho uma pasta para os versos escritos en mon honneur, *os seus vão para ela e figurarão entre os mais bonitos. Receba um abraço de agradecimento do velho bardo*

Manuel Bandeira

Foi há mais de 40 anos
que chegou esta pequena
carta em que agradecias
e elogiavas meu poema

em tua honra (coisa simples,
não mais que ingênua canção
da lira dos vinte anos...).
Que vasta e funda emoção

despertaste, em breves linhas
de humildade suave, calma,
no que contigo fazia,
de há muito, seu "Curso d'alma";

este que agora relê
tua carta na moldura,
numa tinta quase vaga,
porém intensa em ternura.

Passou o tempo, levou vidas
(a tua, a de meus pais...), mas não
a Poesia, que ainda flui
do teu ao meu coração.

epígrafe

Sonha que escreve;
escreve que sonha;
quando sonha, escreve;

quando escreve, sonha;
tudo é o mesmo sonho;
fala em sonho: escreve.

Escreve em papel;
escreve no chão
do quintal, nos pássaros;

escreve nas nuvens;
escreve na água,
nos risos, nas mágoas;

escreve na lua,
no sol, no horizonte,
nas pedras, nos ramos;

escreve nos muros;
na falta de rumos;
escreve no escuro,

no claro; desperto
ou dormindo, escreve;
e escreve no vento.

Tudo escreve, escreve;
tudo e sobre tudo
escreve, escreve; e

depois ainda escreve
mais; escreve (e até
escreve que escreve)

para que a vida
seja um pouco menos
obscura e breve.

estantes

A primeira devia medir
um metro e meio de altura,
larga de uns oitenta centímetros,
escura
(mas não como a mobília
que meu pai desenhou
em cópia da que havia
em sua casa paterna
e mandou que fosse talhada em carne
nobre
de jacarandá).

Nela, tumultuavam
as reinações de Lobato,
o rei da jangal
(com Tantor, o elefante,
e Jad-bal-ja
o leão de ouro),
guerreiros incontáveis
em planícies e desertos,
e os sete mares, e as ilhas
semeadas de tesouros.

Depois, outras geografias,
certas lições de almas densas,
e dúvidas, perplexidades,
angústias,
e mais que tudo um infinito
de névoas.

Resistiu,
por mais de trinta anos,
a maus-tratos, umidade, poeira,
e aos volumes
que as prateleiras arqueavam.
Até que os deuses, por fim,
enviaram-lhe o inimigo
cujo nome é Legião
e que lhe roeu, implacável,
até a memória vegetal
mais funda.

Outras, que já haviam chegado,
recolheram os livros.
E vieram outras, e outras,
e outras e outras e outras,
e me expulsaram de casas,
e me seguiram, e a mim
se incorporaram

com suas páginas também
legião,
e mais e mais legiões de dúvidas,
angústias,
perplexidades,
                                        e o infinito
de névoas.

Sou aquele que se fez
com essas sombras
e fulgores.
Sobretudo, com o sol
da primeira,
ainda
iluminando o menino
de quem se ilumina o homem
que rabisca estes azuis
sobre o papel.

noite de maio

Quatro mil e tantos livros nas paredes.
Mais de vinte mil dias deixados para trás.

De resto, noite de maio,
quase junho, chovendo nas telhas.

E este caderno aberto sobre a mesa
à espera dos traços luminosos
que, sonhados na alma, jamais chegaram
às minhas mãos.

Xerazade

Princesas, dragões, gnomos,
reinos de sortilégios e diamantes
vinham asperamente perfumados
nas nuvens do cigarro
de palha.

Na cozinha
(os carvões ainda rubros
no fogão)
respirávamos
vastos prodígios.
Até que o sono nos colhia
em plenitude de heróis
e majestades.
Cálidos como
nunca mais.

uma história

Então percebeu
que ela retornava.
Seria mais uma
das vezes que vinha,
emergia vaga
e o abandonava?

Aguardou um tempo,
depois outro mais.

Sem ânimo, a mão
puxou a gaveta
e dela umas folhas
de papel, caneta.
Por fim se daria,
não se desfaria
num sopro, deixando-lhe
somente um vazio?
Mas não parecia
o que sempre fora:
ensaiava vir
plena em sua forma,
sem mais os enganos
de anos e anos.

Talvez... Já corria
a mão no papel,
ordenando linhas
de mel e de fel.
Ele não contava:
escutava a história
contar-se em lirismos,
ilusões, abismos.
Os dedos tremiam
um pouco, mas iam,
palavra a palavra,
cumprindo sua lavra.
E passou-se um tempo,
depois outro tempo,
outros tempos mais,
que iam compondo,
pétala por pétala,
a flor de papel
na mesa que já,
assim perfumada,
ia navegando
pela madrugada.

E logo era dia
amplo, que se abria
além da janela,

e brilhava, intenso
na areia da praia,
no mar e na vela
de um barco no mar.
Dia que esplendia
e em seu esplendor
consumou a música,
o ritmo e a beleza
da flor sobre a mesa.
E ele descansou
nas mãos a cabeça.
Mas só por instante.
Logo punha em ordem,
pétala por pétala,
a flor de papel,
cujo nome era
não de qualquer flor,
e se revelava
apenas a quem
sentisse o perfume
da história contada
e que unicamente
nela se contava.
E colheu o homem
a flor e saiu,
caminhando lento

sob o azul do dia.
E, ainda mais lento,
subiu a colina
bem diante do mar
de espumas e ondinas.
Deteve-se o homem
no ponto mais alto,
inspirando o vento
que soprava o mar.
E, mais lento ainda,
foi dilacerando,
uma a uma, as pétalas
da flor que continha
a história contada
– contente, sofrida –
ao longo da noite,
ao longo da vida.
E eis que cada pétala
se multiplicava
e voava ao vento,
e vinham mais pétalas
assim mutiladas
navegar o vento
em rumos tão vários
que eram nenhum.
E, pétala a pétala

– pétalas de pétalas –,
se foi toda a flor
ao vento do mar,
não restando nada,
nem mínimo traço,
nem grão de perfume
suspenso no ar.

Enfim, viu o homem,
ao sopro do vento,
que apenas o vento
no vento voava.

E sentiu que a alma
se pacificava.

o poeta e seu leitor

Releio amado poeta
e não reencontro o que li.

Sem dúvida: é o mesmo livro
que tanto li e reli.

Onde as graves emoções
em que outrora me perdi,

os densos sopros de alma
em que chorei ou sorri?

Por mais que releia o livro,
não vejo o que vi ali.

Terá mudado o poeta,
ou me enganei no que li?

Não, não mudou o poeta,
nem me enganei no que li

na voz serena dos versos
em que chorei ou sorri:

é que o leitor do poeta
foi um que em mim já perdi.

o poema

O poema não
se dá, disperso
no vale,
em setembro, outrora.

O poema se dilui
na brisa, nos
olhos que se voltam
para longe, outro rumo.

O poema se esvai
nos passos que apartam
os que se sentavam
nesta pedra, há pouco,

tecendo um encontro
com extremos cuidados,
lua a lua, flor
a flor, corpo a corpo.

O poema se perde
entre troncos e copas,
estrelas, sóis, êxtases,
remorsos.

Na verdade, nunca
chegou a haver o
poema: apenas
o ingente desejo

de que venha e devore,
neutralize num
canto, essa matéria
decomposta de vida.

herança

Rua Ramalho Ortigão, nº 1.
Ao longo dos domingos nos sentávamos
todos à mesa oval, bebendo para
que as Musas perdessem a timidez
e tomassem lugar ao nosso lado.
E elas baixavam, sempre, em meio à tarde
e ali ficavam até mesmo quando
só um restava ouvindo o que cantavam
as sereias no cálice de Porto.
Isto deixo aos meus filhos: esta herança
do que ocorria, em certa era, na
Rua Ramalho Ortigão, nº 1,
onde não há domingos há onze anos.

tardes

Nesta tarde há outra tarde
sem este quarto tão cheio
de livros:
                    sem este homem
quase velho, que escreve
estas palavras;
                        há outra
tarde, de um tempo sereno,
casuarinas, cães ladrando
na distância;
                        e um menino
andando – o passo tão leve –
na rua em que mora um anjo,

enquanto sonha uma tarde
onde um homem quase velho,
num quarto cheio de livros,
vai escrevendo esta história.

canção da alma estagnada

Faz tempo que não escrevo.
Mas como escrever, se nada
ouço em mim, se nem um sopro
se move na alma estagnada?
Tudo cessou. Uma ausência
é só o que sinto onde havia
aquela que refulgia
em amplas marés de sonhos
e, às vezes, como o luar,
derramava-se – infinita
de caminhos, como o ar.
Aquela que foi assim
e agora é só um vazio,
pois que em almas estagnadas
nada é – como num mundo
de onde partiram as fadas.

o que somos

Críticos dizem do poeta:
um lavrador da memória.

Sim, certamente é isto, pois
dos nossos comos e ondes

só sabemos quando, diante
de nós mesmos, recordamos

nosso enredo nas batalhas,
as bandeiras, as mortalhas,

as trevas, as claridades,
os olvidos, as saudades...

Aqui, o riso. Ali, a dor.
E o amor. E o desamor.

Mas sabe o poeta das sendas
da alma de névoas e lendas

que, em meio ao que de nós vemos,
pode contar outras glórias

vindas de acordes profundos
que tecem, na história, estórias

(quase sempre onde ficamos
melhor: no que fabulamos).

Enfim, o que todos somos
é só o que até hoje fomos,

ou que sonhamos que fomos
(e então sonhamos que somos...).

E assim vai singrando a vida,
rumo ao indesejado cais.

E vamos nós, nessa ida,
levando tudo o que somos:

as ficções da memória
e o que já não somos mais...

esse tesouro de ausências:

infância, juventude, maturidade e velhice

sempre

a Carlos Barral

I

A infância é sempre.
                                        Nela
uma fonte canta
como cantam
uma romã preciosa de orvalho
e a luz da manhã sobre um menino.

II

Canta a fonte segundo
o sonho
da infância.
                    Sonha a fonte
uma lenda:
                    casuarinas
ao vento;
                    manadas
de nuvens;
                    e o açude
denso de sonhos
de afogados.

III

Sonha a fonte.
                    É cálida nas veias.
Docemente me afogo em seu murmúrio.
Desço aos castelos de seixos com suas damas,
que estão comigo desde a origem
e serão as mesmas em torno
do meu leito final.

IV

Sonha a fonte. Sonha como
sonha a moça na janela,
que sonha, assim calma e bela,
o sonho com que a sonho.

Canta a fonte. Como canta
a lua na água. A alma
na carne. A moça no sonho
com que a sonho em sua calma,

em seu sonho no castelo
de seixos, nessa janela
em que ela é todas as damas,
que sonham seus sonhos nela.

Sonho a fonte, que me sonha.
Não há tempo nem distância.
Em parte alguma horizonte,
como, em si mesma, uma fonte.

V

A infância é sempre.
Como uma fonte

canta
o canto
de onde nasce a fonte.

Como um menino compõe
a luz
        da manhã,
que sonha esse
menino,
                que a sonha
como canta uma
romã,
                onde roreja
a perene manhã.

canção de juventude

Com os pensamentos
nos rumos dos ventos.

Nenhum tempo escuro
vindo do futuro.

Sonhar com Maria,
de noite e de dia.

Com outras também,
se aquela não vem.

Amar altos ares,
desertos e mares.

Garimpar tesouro
em ilhas de ouro.

Garimpar um verso
que não vem, perverso.

Confiar na manhã
que virá, louçã.

Atento ao diamante
do mais breve instante.

De alma indomada
e transverberada.

Corpo leve e ágil,
como nunca frágil.

Desejo profundo
de mudar o mundo

(o outro, a face dura,
poço de amargura).

Na brisa, que soma
suavidade e aroma,

colher a alegria
em luz de poesia

(por mais adverso
que lhe seja o verso).

Ser bem o que é: era
mágica, que gera

– vasta primavera –,
a flor da quimera.

aniversário

Metade do tempo consumada
ou ainda mais.
No peito, a mesma fome, a mesma sede
do menino, do rapaz.
O mesmo olhar perplexo
o mesmo
sem resposta
gesto crispado interrogando.

(É dezembro
e noite e abro a janela
e vejo outras janelas iluminadas.
Ali há vida, como na rua, como
no campo e no mar e nos velozes
aparelhos que cortam o espaço
e
talvez
noutros planetas e universos.
Como há incontáveis séculos e
provavelmente
amanhã. Mas tudo rápido
demais
que nem nos podemos saber

e partimos
no mesmo escuro em que chegamos.)

Perdi colegas, namoradas, cães.
Perdi árvores, pássaros, perdi um rio
e eu mesmo nele me banhando.
Isto o que ganhei: essas perdas. Isto
o que ficou: esse tesouro
de ausências.

(A noite avança e as janelas
aos poucos
se apagam. No silêncio
meu coração permanece
iluminado. Eis que trabalha, fiel,
mesmo quando revela
a si mesmo em breve imóvel
ou, depois, a última estrela
sem testemunhas
no céu final.)

espelho

Estarei oficialmente mais velho
dentro de poucos dias.

Consulto o espelho,
que apenas me fita
criticamente.

Bem sei que estou ficando
o tempo todo
mais velho.
Data oficial, porém,
é outra coisa.
Faz-me lembrar, por exemplo,
como a uma pessoa
de Pessoa,
que,
no tempo em que festejavam o dia dos meus anos,
eu era feliz e ninguém estava morto.

Continuo a interrogar
o espelho.
Ele agora tem
um ar irônico,
e o encaro da mesma maneira.

Com um pouco de sorte,
poderá se manter assim
por algum tempo ainda,
apenas irônico,
exibindo não mais
que algumas rugas e manchas,
a barba branca,
o cabelo, em parte,
nas trevas
– ou ao menos nas sombras –
de uma era
extinta.

Sim,
em poucos dias estarei
oficialmente
mais velho.
O que não posso evitar,
mas
por certo me vingarei
numas luzes de chope
à tarde
e afagos de vinho
à noite.

Depois,
a caminho do sono,
visitarei de novo
aquele que me fita
do espelho.

E, como sempre,
já sem ironia,
reciprocamente solidários,
honestamente comovidos,
brindaremos à data.

Virá, então, a vontade
de dizer alguma coisa,
mas não diremos nada.

Pois nada precisa ser dito entre velhos amigos
que envelheceram juntos
desde que eram felizes e ninguém estava morto.

entrevista

Leo Cunha – *Os títulos de seus poemas trazem frequentemente palavras como "permanência" e "sempre", e o tempo é um tema recorrente em sua obra. Essa atenção para as coisas do tempo já o marcava desde a juventude?*

Ruy Espinheira Filho – Alguns críticos, como Alexei Bueno e Miguel Sanches Neto, já escreveram que sou um poeta da memória, que tenta uma redenção do tempo. Bem, creio que podem dizer tais coisas, mas o fato é que nada disso é resultado de um projeto. Não é intencional, digamos, é algo que vem naturalmente do sofrimento e da perplexidade gerados pelo efêmero. Tal condição sempre me impressionou muito – desde a infância. No mais, os grandes temas da arte são: o amor, a vida e a morte. E tudo isso se processando numa viagem que chamamos de tempo.

LC – *Grande parte da poesia brasileira atual tende para a concisão, o humor e uma forte dose de coloquialismo. Sua poesia, por outro lado, continua fiel à rica linhagem mais lírica e intimista e não foge dos poemas mais extensos nem de formas metrificadas. O quanto isso tem de opção consciente?*

REF – Não vejo bem essa concisão e esse humor. Existem, sim, mas na maioria das vezes o que há é incapacidade de escrever textos mais elaborados e menos engraçadinhos. Sou um autor que vem da tradição e para estar à altura dela estudei muito, aprofundei-me no conhecimento técnico da poesia. Quanto à métrica, quem não a domina não pode também dominar o verso livre – que não é livre coisa nenhuma, pois em arte tudo é rigor. Aliás, Manuel Bandeira, Mário de Andrade e T. S. Eliot já mostravam a inexistência do verso livre. E há uma frase de Bandeira que de vez em quando gosto de relembrar: "Não confio em poetas que não têm o verso medido nas ouças". Pois é, sem ouvido não se pode fazer poesia que preste. Quanto ao coloquialismo, acho que é uma marca forte da minha poesia.

LC – *Alguns de seus poemas mencionam Manuel Bandeira, Mario Quintana, Sá-Carneiro, Fernando Pessoa e outros poetas e artistas. Que autores brasileiros e estrangeiros foram os mais importantes em sua formação poética, na juventude e mais recentemente?*

REF – Além dos já citados, muitos outros, do Brasil e do exterior. Comecei com os românticos, aprendi a dominar o verso com os parnasianos e depois adentrei a modernidade. Três livros de ensaios que publiquei mostram bem as minhas preferências nacionais: um sobre Jorge de Lima, outro sobre Mário de

Andrade, outro sobre Manuel Bandeira. O mesmo Bandeira já disse, no *Itinerário de Pasárgada*, que todos os poetas que leu o influenciaram, o que também aconteceu comigo.

LC – *Com que frequência você costuma reler os seus poemas, após publicados? Essa releitura é prazerosa? É reveladora? Você percebe novas nuances e sentidos em seus próprios versos?*

REF – Releio, mas releio principalmente, vezes sem conta, antes da publicação. E alguns dos meus versos me surpreendem, sim. Muitas vezes fica difícil acreditar que foram escritos por mim. Às vezes acho que não sou capaz de tanto. E não sou mesmo – só o fui naquele instante da escrita...

LC – *Você se surpreende com as leituras que a crítica e os leitores em geral – dentro e fora da escola – fazem de sua obra?*

REF – Bom, como se sabe, não há uma única leitura para nada. O texto pertence ao leitor, e cada um faz a sua. Além disso, não há releitura, nunca. Cada leitura é sempre a primeira. Toda vez que você retomar uma obra ela será nova. Assim, não há por que a gente se surpreender...

LC – *Seus poemas têm muitas versões antes de serem publicados? E após a publicação, você tem o costume de modificar poemas, quando sai uma nova edição ou uma antologia?*

REF – Não, não há várias versões. Não forço a mão. Quando o poema não se dá, destruo-o. Depois de editados, pouquíssimos poemas meus receberam alguma alteração, o que geralmente se limita a uma palavrinha aqui ou ali.

LC – *Em que medida o eu lírico em seus poemas se confunde com a sua vida real? Sua obra é uma espécie de ficcionalização de suas vivências, sentimentos e memórias?*

REF – Eu escrevo com o que sou. Ou seja: com a minha vida. Daí a presença, sempre, da emoção. A ficcionalização que possa haver será de responsabilidade da memória – pois, como sabemos, a memória gosta de fabular, ficcionaliza muito...

LC – *A música popular poderia aproximar os leitores, em tese, do texto poético. Como você avalia o atual panorama das letras no país?*

REF – Poema e letra de música são coisas bem diferentes. O poema é um universo completo e fechado, com suas sonoridades e seus ritmos.

Enfim, uma *forma*, como é toda a arte. Uma letra de música é parte de uma composição que traz músicas, ritmos, arranjos, etc. Claro que um poema pode ser musicado, mas é outra coisa. Uma bela letra pode ser comparada a um poema, mas dificilmente funcionaria sozinha, sobre o papel, sem os complementos de melodia, ritmos, arranjos, etc.

LC – *Que sugestões – de leitura e escritura – você dá aos que estão descobrindo a poesia?*

REF – Quem, entrando em contato com a poesia, vê que descobriu algo importante, irá adiante por conta própria. O mesmo acontece com as possibilidades da escrita. Agora, precisamos desenvolver espírito crítico, para evitar contaminações com teorias que querem tratar a arte como ciência. O ensino de literatura pode ser muito danoso. Quando eu era professor, abria sempre o semestre dizendo aos estudantes que havia um grande problema: eu estava ali contratado para ensinar literatura, e a literatura, por ser uma arte, não podia ser ensinada. Eles estranhavam, depois entendiam, e a partir daí passávamos meses e meses nos encantando com altas e belas obras de literatura.

Ruy Espinheira Filho

Nasci em Salvador, Bahia, em 1942. Quando tinha uns três anos de idade, a família se mudou para Poções, sudoeste baiano, onde passei a infância. Mais tarde, com nova mudança, fui morar em Jequié, também no sudoeste, onde vivi a adolescência. O retorno a Salvador se deu em 1961, para fazer o Curso Clássico no famoso Colégio Central da Bahia. Desde a infância uma coisa me encantou particularmente: a literatura. Comecei a ler muito cedo e a família me abastecia de livros de Monteiro Lobato (meu ídolo até hoje), romances de aventuras e outros. Também havia ao meu alcance, na casa de meus avós paternos, o fabuloso *Tesouro da juventude,* no qual lia ficção, poesia, biografias, história, geografia... Muito tempo depois encontrei Jorge Luis Borges lembrando a comparação de Ralph Waldo Emerson de uma biblioteca com um ambiente repleto de volumes mágicos. Pois é, acho que os volumes do *Tesouro da juventude* foram a minha primeira biblioteca... E havia outra, grande e muito rica, a de meu pai, da qual eu fui mais e mais me aproximando até chegar a conhecê-la em sua quase totalidade.

A leitura continuou por toda a vida, até hoje sou um leitor voraz. Leio de tudo, de filosofia a livros policiais. Para escrever bem, no caso da poesia, estudei o mais que pude, das técnicas à crítica maior. E acabei confirmando uma impressão antiga, quase da infância: arte é mesmo coisa de inspiração, muito acima da mera inteligência e da formação intelectual. Inspiração, sim. Sem ela – como disse um poeta – não se deve nem tentar atravessar a rua...

Desde a infância eu queria entender por que tinha aquela necessidade de escrever. Ler, tudo bem, era uma coisa sempre prazerosa, mas o ato de escrever costumava ser desagradável, sofrido, angustiante, esforço que muitas vezes só chegava ao fracasso. Assim, acabei percebendo desde cedo que a literatura – como a arte em geral – custa muito caro: o preço da vida.

Sim, a literatura sempre foi o encantamento, mas eu tinha que sobreviver e trabalhei muito em outras coisas, como o jornalismo, tendo sido redator (copidesque) e editor, além de professor de disciplinas variadas na Faculdade de Comunicação da Universidade Federal da Bahia. Como professor, os tempos melhores foram os quinze anos que ensinei no Instituto de Letras da mesma universidade.

Escrever, escrever, escrever... Eu publicava crônicas diárias, mas havia uma literatura mais alta com que eu sonhava, especialmente a poesia. E também um grande problema: como editar? Meu primeiro livro de poemas, *Heléboro*, saiu em 1974, impresso com o dinheiro de dois prêmios literários ganhos na universidade. O segundo, *O vento no tamarindeiro*, de crônicas, saiu um ano depois – e pela mais importante editora da época: a Civilização Brasileira. Tendo editado o primeiro livro, enviei-o a várias pessoas, inclusive autores que admirava, tendo um ido para o Mário da Silva Brito, que nada me disse, mas emprestou o livro ao grande editor Ênio Silveira. Ele gostou bastante e, quando lhe enviei a proposta das crônicas, elogiou minha poesia e disse que, se as crônicas fossem tão boas quanto os versos, ele editaria o livro – o que acabou ocorrendo uns oito meses depois. Tudo devido ao voluminho, publicado em Feira de Santana, e que me dera uma emoção que persiste até hoje: a cartinha em que Carlos Drummond de Andrade definiu minha estreia como "poesia concentrada e de sutil expressão".

Daí em diante, sempre a luta literária. Ajudaram-me, e muito, algumas premiações. Como o Prêmio Nacional de Poesia Cruz e Sousa, recebido em 1981, e outros, ao longo do tempo: Prêmio Rio de Literatura (romance, 1985, 2º lugar), Prêmio Ribeiro Couto (poesia, 1998), Prêmio de Poesia da Academia Brasileira de Letras (2006),

Prêmio Jabuti (2006, poesia, 2º lugar), finalista do Jabuti (1987, 2002, 2010), semifinalista do Portugal Telecom (2008, 2009, 2010, 2013), finalista do Nestlé (1986 e 1997), entre outros.

Para onde vamos é sempre ontem surge, para mim, como uma antologia-surpresa. Sim, pois foi uma bela surpresa o recebimento do *e-mail* da editora fazendo algo raríssimo hoje em dia: propor publicação de poesia. Como não interferi de forma alguma na organização do Leo Cunha, foi outra bela surpresa ver a sensibilidade da seleção, escolha de títulos, etc. Sim, duas belas surpresas que me emocionaram e continuam emocionando. No mais, resta-me esperar que *Para onde vamos é sempre ontem* seja também uma bela e emocionante surpresa para o leitor.

Leo Cunha

Tive a sorte de crescer numa casa cheia de poesia. Meu avô recitava sonetos e quadrinhas de cor, além de brincar muito com charadas, parlendas e trocadillhos. Minha mãe tinha uma livraria, para onde eu ia quase todos os dias e onde descobri Cecília Meireles, Henriqueta Lisboa, Mario Quintana, Carlos Drummond de Andrade, Manuel Bandeira, Cassiano Ricardo, Vinicius de Moraes, José Paulo Paes, entre outros poetas. Meu pai tinha muitos discos de Chico Buarque, Caetano Veloso, Tom Jobim, Zé Ramalho, Secos & Molhados.

Quando comecei a escrever pra valer, na época da faculdade, não tive como escapar: meus textos pendiam naturalmente para a poesia ou para a prosa poética. E, talvez por isso, a maioria dos prêmios que recebi em minha carreira foi por livros de poemas, como *Clave de lua, Haicais para filhos e pais, As pilhas fracas do tempo,* ou obras teóricas como *Poesia para crianças: conceitos, tendências e práticas.*

Por tudo isso, foi com prazer e orgulho que recebi o convite para organizar esta coletânea do Ruy Espinheira Filho. Tive a oportunidade de ler e reler muitas vezes os poemas dele, além de entrevistá-lo e trocar várias mensagens pela internet. Felizmente, minha casa e minha vida continuam cheias de poesia.

Dados Internacionais para Catalogação na Publicação (CIP)
(Maria Teresa Alves Gonzati / CRB 9-1584 / Curitiba, PR, Brasil)

E775 Espinheira Filho, Ruy.
Para onde vamos é sempre ontem / Ruy Espinheira Filho; organizado por Leo Cunha — Curitiba: Positivo, 2014.
176 p.

ISBN 978-85-385-8407-0

1. Poesia brasileira. I. Cunha, Leo. II. Título.

CDU 087.5

© texto: Ruy Espinheira Filho, 2014.
© organização: Leo Cunha, 2014.
© foto: Cássio Vasconcellos, 2014.

Direitos de publicação
© 2014 Editora Positivo Ltda.

Gerente Editorial: Júlio Röcker Neto
Gerente de Arte e Iconografia: Cláudio Espósito Godoy
Edição: Marcelo Del'Anhol e Fernanda Pehls Mendes
Supervisão de Arte: Karina Hollanda
Análise de Arte: Juliana Ferreira Rodrigues
Edição de Arte: Daniel Cabral
Diagramação: Juliana Ferreira Rodrigues
Coordenação de Revisão: Sandra Regina de Souza
Revisão: Alessandra Cavalli Esteche
Capa e projeto gráfico: Daniel Cabral
Engenharia de Produto: Solange Szabelski Druszcz

Todos os direitos reservados à Editora Positivo Ltda.
Rua Major Heitor Guimarães, 174
80440-120 — Curitiba — PR
Site: www.editorapositivo.com.br
Fale com a gente: 0800 723 68 68

Impressão e acabamento:
Gráfica e Editora Posigraf Ltda.

3ª impressão

Impresso no Brasil
1 2 3 4 5 6 7 8 9 11 12

2016